AF392676

9 789776 867420

1

دار حروف منثورة للنشر والتوزيع

الطبعة الأولى

الكتاب: سبع أراضي

المؤلف: صفاء حسين العجماوي

تصنيف الكتاب: رواية

تصميم الغلاف: فريق الدار

تنسيق داخلي: فريق الدار

مراجعة لغوية: عبد الرحمن غريب علي

رقم الإيداع: 2021/11322م

الترقيم الدولي: 9789776867420

مؤسس الدار

مروان محمد

مشرف عام السلاسل

صفاء حسين العجماوي

Website: https://horofbooks.com
Fan page: http://facebook.com/horofsbooks
Email: info@horofbooks.com

هاتف جوال: 00201113006296 – هاتف جوال: 00201064054995

كتب حروف منثورة للجيب

سلسلة أكوان للخيال العلمي

سبع أراضي

العدد الثاني

صفاء حسين العجماوي

3

- تناقض: السيدة ستة وستون وتُعرف في عالم حفيدتها باسم الجدة جلاديوليس.
- هزاي: هولوجرام لفتاة قمحية يعمل في نسخ ذكريات تناقض.
- هواي: هولوجرام لشاب أبيض يعمل في نسخ ذكريات تناقض.
- هاهان: هولوجرام لمزدوج من فتاة شرق آسيوية (هيوان) وشاب زنجي (هيو) يعمل في نسخ ذكريات تناقض.
- لاڤندر: حفيدة حفيدة تناقض على الأرض السابعة تدلل بلاڤي.
- مورجان: والد لاڤندر يدلل بمورجي.
- روز: والدة لاڤندر تدلل بروزي.
- چوليا: أخت لاڤندر من جهة الأم تدلل بچولي.
- براد: أخ لاڤندر من جهة الأب وزج چوليا.
- القس لويس.

1

موجات متلاحقة تنكسر على الشاطئ الصخري، كأطفال تجري خلف بعضها لاعبة، على بعد خطوات من شابة تجاوزت العشرين بعامين، يعبث الهواء بشعرها الأسود الطويل المموج. يمر بين ساقيها مع كل خطوة تخطوها كلب صغير الحجم كبقية فصيلته، ذو شعر أبيض طويل منفوش كالفرو الهائج، في محاولة منه لجذب اهتمامها دون جدوى، فقلبها وعقلها غائبان عن عالمهما، فهي لا تزال تحت تأثير حلمها الذي تراه كل ليلة منذ ستة أيام.

جلست على رمال الشاطئ خلف الصخور، تاركة لرزاز الماء أن يبلل وجنتيها، واسترجعت تفاصيل حلمها العجيب، فقد رأت نفسها ترتدي فستانًا حابكًا حتى خصرها، منفوشًا، ذا ذيل طويل لونه بنفسجي، وحزامه أخضر، وشعرها المُسدل مزين بأكليل من زهر الخزامي. تنتعل حذاءً مفتوحًا ذا كعب عالٍ رفيع، وتمسك بيدها سيدة عجوز طويلة نحيفة بيضاء الشعر والبشرية، ذات ملامح حادة، وجلد ذات كسرات مجعدة، ينافي خصلات شعرها الطويل الناعم الملتف حول رأسها على شكل تاج من الضفائر متعدد الأدوار، ومزين بستة وستين دبوس شعر خافيًا بدايات ونهايات الضفائر. كانت ترتدي ثوبًا رماديًا كاحل اللون، طويلًا يغطي الحذاء الفضي بالكامل، شديد الضيق عند الخصر حتى لتظنه حيك لدمية لفت عليه حزام على شكل أفعى الكوبرا المصرية، وله ياقة مرتفعة على شكل فراشة سوداء مرقطة بالأبيض، وينتفش كخيمة من أسفل الخصر، وشديد الالتصاق بالجسد من أعلاه. منظره متناقض. كل بضع خطوات تلتفت إليها العجوز وتمنحها ابتسامة ودودة، غير كافية لطمئنة فؤادها المضطرب، ولكنها قادرة على أن تسيرها خلفها لبضع خطوات أخرى تجاه باب غرفة أسود كُتب عليه بحروف نارية "المعمرون".

دائمًا ما كانت تستيقظ عند رؤية الباب، فالفزع والرعب، اللذان يدبان في فؤادها، لا يضاهيهما كمية الأدرينالين[1] الذي تفرزه الغدة الكظرية، فينبض قلبها بجنون حتى يكاد ينخلع من مكانه، ليتحرر خارج جسمها. لكن الليلة وجدت فضولها الذي ينمو كل ليلة عن سابقتها، أضحى وحشًا كاسرًا ينهش في رعبها، ويغلبه، حتى إنها تمد يدها لتفتح الباب، وتجد ما لا تستطيع تذكره قط، مهما حاولت أن تفعل.

أن هذا الحلم العجيب يثير فضولها لعدة أسباب، أولها أنها وعلى خلاف طبعها وميولها ترتدي في منامها فستانًا وحذاءً ذا كعب عالٍ، وهي التي اعتادت على ارتداء القميص والجينز، وحذاء مطاطي. أنها تشعر وعلى رغم الغرابة التي تعتريها أنها تعرف هذه السيدة العجوز التي تقودها، نحو حجرة تخشاها، ولكنها تعني أن هذا قدرها، وهذا ما يثير عجبها. أما أكثر ما يفجر ينابيع الدهشة في نفسها، هو عدم قدرتها على تذكر ما يكمن خلف الباب.

قطع استرسالها نباح كلبها اللولو[2]، وقفزاته الفرحة. التفتت نحو مصدر ما يجذب اهتمامه، فإذا به والدها قادم نحوها يحمل بين يديه

---

[1] - (بالإنجليزية: Adrenaline) ويُسمى أيضًا الإبينيفرين (بالإنجليزية: Epinephrine) هو هرمون وناقل عصبي تفرزه الغدة الكظرية، وهي غدة فوق الكلية، وينتج في قلب الغدة. وهو يعمل على زيادة نبض القلب وانقباض الأوعية الدموية وبالمجمل يؤدي إلى تحضير الجسم لحالات الكر والفر. يعد الإبينيفرين ونورإبينفرين أهم الناقلات العصبية في الجهاز العصبي الودي.

[2] - كلب اللولو أو فولبينو إيتاليانو Volpino Italiano يُعتبر سلالة نادرة، حيث يوجد منه نحو 3000 فقط في العالم، ويتواجد معظمهم في إيطاليا. قد يخلط البعض بين كلاب اللولو، وكلاب الإسكيمو الأمريكي، وكلاب بومرينيان، لكن اللولو سلالة منفصلة عن هذه الكلاب الصغيرة الحجم أيضًا، ويمكن رؤية الاختلافات في شكل الرأس وحجمه، حيث يكون كلب اللولو أكبر قليلًا من كلب بومرينيان. أصل كلاب اللولو هو كلاب سبيتز-Spitz type dogs صغيرة الحجم، والتي تظهر السجلات أنها كانت موجودة منذ أكثر من 5000 عام، وكان كلب اللولو مشهورًا جدًا في إيطاليا القديمة، وقيل إن هذه السلالة من الكلاب

صندوقًا وقفصًا. أمسكت بكلبها ومسدت ظهره، وهي تقول له: فلتسكن يا ريان من فضلك.
أرسلت قبلة إلى والدها، وسألته بفضول: ماذا تحمل بين يديك سيد مورجان؟
ضحك والدها بشدة، ثم أجابها باسمًا: هدية عيد ميلاد مبكرة.
قفزت لاقندر كطفلة صغيرة، وجرت نحوه، وهي تهتف: شكرًا لك يا أبي. هل أحضرت لي ما طلبته منك؟
وضع ما بيديه على رمال الشاطئ، وأجابها بخجل: هذه ليست بهديتي لكِ، ولكنني وجدتها صباحًا بجوار صندوق البريد، ومعها بطاقة. احتضنته لتزيل خجله، وسألته بفضول: وماذا كتب فيها؟

كانت المفضلة لدى الأمراء في القصور، ويقال إنها كلب مايكل أنجلو. اقترب كلب اللولو من الانقراض لأسباب غير معروفة في عام 1965 حيث كان يتواجد خمسة فقط من هذا الكلب، ولكن قام المربون بإعادة إحياء هذه السلالة، واليوم لا تزال سلالة كلاب اللولو موجودة لكن بأعداد صغيرة.

يُعد كلب اللولو كلبًا صغيرًا وأنيقًا وتكون مواصفاته كالتالي: الطول: ما بين 26.5 – 30.5 سنتيمتر. الوزن: ما بين 4.5 – 7 كيلو جرام للذكور، وما بين 3.5 – 5.5 كيلو جرام للإناث. العمر الافتراضي: 10 – 16 سنة. وهو من الكلاب صغيرة الحجم للغاية، وكلمة Volpino تعني "شبيه بالثعلب"، وهذا التشابه يظهر في شكل الوجه الحاد الصغير والأذنين المدببة والرأس المثلث الشكل. كما أن لديه أيضًا أنفًا أسود بارز وعينين مستديرتين لونها بني داكن، أما جسده فيكون مكتنزًا، وأطرافهم صغيرة وأنيقة، ويكون الذيل المكسو بالفرو منتصبًا لأعلى الظهر في جميع الأوقات. يشتهر كلب اللولو بفرو طويل وأنيق وكثيف، والشعر يكون مفرودًا مع ريش على الأطراف الخلفية والذيل، واللون الأساسي لهذا الكلب هو الأبيض، ولكن هناك بعض كلاب اللولو بشعر بدرجات اللون الأحمر أيضًا ولكنها نادرة.

دس يده في جيبه، مخرجًا بطاقة صور على ظهرها حزمة من أزهار اللاقندر الخزامي، ثم مد يده إليها بها. التقطتها بخفة، وأدارتها لتجد أسطرًاا بسيطة غير مفهومة بالنسبة لها، فهي خليط من رقم ستة مكرر بين العديد من الكلمات، وأمهرت البطاقة بتوقيع عجيب، حيث رسم قلبًا يخترقه سهم، عند ذيل السهم كتب رقم ستة وستين، وعند رأسه كتب اسمها، وعلى السهم ذاته وداخل القلب كتب رقم ستة.

رمت لاقندر البطاقة في عصبية، وقالت بغضب: ما هذا المزاح الطفولي؟!

ثم تركت المكان، ورحلت دون كلمة إضافية. تنهد والدها بعمق قبل أن يلتقط البطاقة، ويدسها في جيب قميصه. اعتدل للحظة مفكرًا، هل عليه أن يصارحها، أم ينتظر عودة والدتها إلى المنزل؟.

شعر بالتردد، فقرر تأجيل حسم الأمر الآن ، ثم حمل الهدايا، وتوجه نحو البيت في بطء.

2

ـ"لاڤندر أين أنتِ؟".

نادى شاب أسمر ثلاثيني، يرتدي قميصًا مبهرج الألوان، على بنطال قصير ، وحذاءً مطاطيًا بلا رباط، وهو يضع يديه في جيبي سرواله.

ـ"لاڤندر أعرف أنك مختبئة بالداخل، هلا نزلتِ من فضلك؟".

عاود النداء بلا حماس مفتعل، كان له أكبر أثر عليها، فقد نزلت من بيت الشجرة في قفزة واحدة. داعبها الشاب قائلًا: ألم تكبري على بيت الشجرة يا لاڤي؟!

غضبت لاڤندر، وردت عليه بضيق: براون كفى مزاحًا. أنا غاضبة الآن.

ابتسم براون، وصحح لها بقوله: بروي وليس براون يا لاڤي. لا تنسي أرجوكِ.

حاولت أن تقاطعه، فتابع: لقد جئت خصوصًا إليكِ يا مليكتي الجميلة، لأفهم لِمَ أنتِ غاضبة؟ حتى أبعد عنكِ ما يكدر صفوكِ.

ابتسمت رغمًا عنها، وهمست بخجل: أحبك بروي.

ضحك براون، ثم جذبها من يدها، وركض بها نحو مخبئهما الخاص عند لسان المحيط، محاط بأشجار نخيل جوز الهند[3]. كان الكوخ بسيطًا وبدائيًا، ولكنه مبهج بألوانه، وطنافسه، وبأصحابه.

---

[3] ـجوز الهند أو النارجيل الاسم العلميCocos nucifera، هي نوع نباتي يتبع جنس النارجيل من الفصيلة الفوفلية. وهي إحدى الفواكه الاستوائية المشهورة والتي تنمو على الشواطئ وتدخل في صناعة العديد من المواد الغذائية والتجميلية. النارجيل هو الاسم المستخدم في سلطنة عمان لأشجار جوز الهند حيث تنمو هذه الأشجار في الجزء الجنوبي من سلطنة عمان وذلك في محافظة ظفار بصورة كبيرة، لتلائم مناخ تلك المنطقة مع المناخ الملائم لنمو هذا النوع من النخيل. أحد أهم منتجات ثمرة النارجيل هو الزيت الفريد الذي يتم استخراجه واستخلاصه منها، والذي يتم عادة عن طريق تقشير الثمرة ثم فتحها

نظر براون إليها بهيام، وسألها: أي فاتنة هاواي[4]. ما الذي كدر صفوك؟
على مدار نصف ساعة قصت عليه ـدون أن يقاطعهاـ أحلامها العجيبة المكررة، والموقف السخيف لهدايا عيد ميلادها المبكرة.

للحصول على السائل الذي يوجد بداخلها وهو اللبن ثم يوضع في إناء عميق لمدة 24-36 ساعة مع تغطيته وبعد مرورها ينفصل الزيت بشكل طبيعي أو تلقائي، ليكون بلونه الصافي الجميل ورائحته الشيقة ومذاقه اللذيذ، وبهذا يتم الحصول على زيت مفيد لكافة الأغراض العلاجية والطهي. أما خواصه فهي: يحتوي هذا الزيت من 50% - 53% من حمض اللوريك، وهذا الحمض يوجد في لبن الثدي. يمكن تخزين زيت جوز الهند لفترة طويلة حيث إنه يحتوي على خواص طبيعية من مضادات الأكسدة.

4 - بالإنجليزية Hawaii هي ولاية أمريكية على شكل أرخبيل من الجزر في المحيط الهادي. هنولولو هي العاصمة وأكبر المدن. تتكون هاواي من 19 جزيرة رئيسية. وهي آخر الولايات التي انضمت إلى الولايات المتحدة الأمريكية، ولدى الولاية العديد مما يميزها عن غيرها. فبالإضافة إلى احتلالها لآخر حد في الجنوب الأمريكي، بمعنى أنه لا توجد ولاية أخرى تقع جنوبها، فهي الولاية الوحيدة التي تقع بالكامل في المناطق الاستوائية. وكواحدة من الولايتين اللتين تقعان خارج التواصل الجغرافي للولايات المتحدة (الولاية الأخرى هي آلاسكا)، هي الوحيدة التي ليس لها أراضٍ تابعة لأي قارة وهي الوحيدة التي تزداد مساحتها باستمرار بسبب النشاط البركاني وتدفق الحمم البركانية، وبشكل خاص في جزيرة كيلاو، وهي الولاية الأمريكية الوحيدة التي لا يوجد فيها أغلبية من البيض كما أنها واحدة من ثلاث فقط لا يشكل فيها البيض ذوو الأصول غير الأمريكية الجنوبية والوسطى أغلبية وفيها نسبة عالية من الأمريكيين الآسيويين. بيئيًا وزراعيًا، تُعتبر هاواي عاصمة الأنواع المهددة بالانقراض، في العالم وهي المكان الوحيد الذي تعتبر فيه صناعة القهوة جزءًا من الإنتاج الصناعي في الولايات الأمريكية المتحدة. كما أن من أهم منتجات هاواي الزراعية هي الأناناس والموز وقصب السكر وجوز الهند. اكتشفها الكابتن كوك عام 1778 م وظلت تابعة للتاج البريطاني فترة طويلة، وكانت في تلك الفترة تحت حكم 4 ملوك محليين، استطاعت الملكة ليليوكالاني توحيدها في مملكة واحدة، وكانت تأمل أن تنضم للولايات المتحدة، إلا أن الولايات المتحدة رفضت فكرة الضم في بادئ الأمر، ثم أعلنت بها جمهورية 1884 من جانب الأمريكيين المقيمين بها، وفي عام 1898 م صوت الكونغرس الأمريكي في صالح ضم هاواي، وأصبحت جزءًا من الولايات المتحدة، وتكونت ولاية هاواي عام 1900 م.

11

ـ"ما رأيك يا بروي؟".

سألته لاقندر بلهفة.

ابتسم لها، وأوقفها، ثم نزل على ركبتيه، وقدم إليها علبة صغيرة على شكل ثمرة جوز الهند. مدت يدها المرتعشة لتأخذ العلبة. فتحتها لتجد خاتمًا صغيرًا ذا ماسة رمادية. عقب براون على شهقتها العالية: هل تقبلين الزواج مني يا لاڤي؟".

ضحكت لاقندر بسعادة حقيقية، وأجابته بدهشة: أتسألني يا نبض قلبي؟! إني مجنونة بك.

اعتدل براون، ونفض عن ساقيه رمال البحر، وسألها بسعادة: لقد كنت أعد نفسي لأسئلك الزواج يوم عيد ميلادك، ولكن حلمك ألهمني أنه يجب أن أسرع، ليكون يوم ميلادك هو يوم زفافنا. ما رأيك يا حبيبتي؟

غطت لاقندر عينيها بسعادة، وهمست: أجل. أوافق.

ضحك براون، وأمسك بيدها، ليجري بها، وهو يقول: باقٍ من الزمن ستة أيام، وست عشرة ساعة. ليس لدينا متسع من الوقت. هيا لنتم استعداداتنا يا منية قلبي.

ارتفعت أصوات ضحكاتهم، لتطير الطيور من على الأغصان، تغرد بسعادة مباركة للعروسين الزفاف الميمون.

3

ـ"هذا لن يكون".

صرخت والدة لاڤندر بغضب، وهي تحادث زوجها على الهاتف.

رد زوجها بتفهم، وأن شاب الضيق نبرات صوته: روز لا داعي للصراخ رجاءً، فأنا أفهم سر ثورتك، ولكن ابنتنا لا تعي تبعات قرار زواجها. لا تنسي أنها لا تعرف أي شيء عن أصلها، ولا مهمتها المستقبلية.

ـ"تحدث إلى براون أخبره بعدم موافقتنا على هذا الزواج. لا تترك أي باب دون أن تدق عليه".

هتفت زوجته برجاء.

زفر بضيق، وقال لها بقلة حيلة: لقد حاولت معه، ولكنه يصر على معرفة سبب رفضنا، وإلا لن يهتم لقبولنا من عدمه.

قالت زوجته بحسم: يبدو أنني يجب أن أترك كل شيء لجوليا وبراد، وأعود في أول طائرة أستطيع اللحاق بها.

زفر زوجها بارتياح، وأيدها بقوله: هذا حل طيب، فأنتِ تمتلكين عظيم التأثير على لاڤندر...

قاطعته روز قائلة: بل أنت الذي تخشى مواجهتها يا مورجان.

رد مورجان باستعطاف: إنها ابنتي الوحيدة يا روزي.

سكتت روز، فتابع: أعلم أنكِ غاضبة، لكوني لا أعتبر جوليا ابنتي، ولكنها زوجة براد ابني، وابنتي كذلك، ولكن لاڤندر...

قاطعته روز قائلة بحزن مكتوم: لا داعي للتبرير يا مورجان، فأنا أتفهم حقيقة مشاعرك. ده هذا الأمر جانبًا الآن، ولنعد لزفاف لاڤندر. عليك أن تبذل قصارى جهدك لتعطله حتى أحضر. هل اتفقنا؟

أجابها وهو يهز رأسه مؤيدًا: أجل بالطبع.

أغلق مورجان الهاتف في حيرة، فهو من جانب يريد سعادة ابنته، ومن الآخر يعلم أنها ومنذ حمل أمها بها أنها المختارة، ولا يمكنه أن يغير ذلك، وألا تعرض لغضبة الجدة جلاديولس، وهذا ما لا يستطيع مجابهته. لذلك وجب عليه منع زفاف ابنته من براون ابن شريكه الراحل جيمس، إن لم يكن لدرء غضب الجدة، فهو يعرف ماذا يعني تسرب خبر زواج ابنته من براون. هو بالتأكيد لا يريد أن تترمل ابنته في عز شبابها، أو أن يفقدها هي إذا تسرب خبر عن وجودها للمعمرين، ولكن ماذا بيده أن يعمل لمنع هذه الزيجة؟

قطع عليه حديث نفسه، ومعاركة أفكاره، هو نداءات ابنته الملهوفة. ركض نحو غرفتها، فإذا بها تقف أمام مرآة كبيرة تفوقها طولًا وعرضًا، مرتدية فستان زفاف بسيطًا ذات أكمام واسعة كالبوق وطويلة من جانبها السفلي ليصل إلى ذيل فستانها الدائري الكبير، وقد تركت شعرها منسدلًا، واضعة على رأسها تاجًا بسيطًا.

ما إن رأته حتى فتحت ذراعيها، وقالت له بسعادة، وهي تدور حول نفسها: ما رأيك يا أبي؟

شعر مورجان بالضياع بين مشاعره، وواجبه كأب، ولكن عاطفته غلبته، فضم ابنته إلى صدره، وقال لها بمحبة: فاتنة يا مليكتي. ـ"هذا رأيي أنا أيضًا".

قال براون في سعادة، وهو يقبل يد لاقندر. أيدت كلامه الخياطة الواقفة على بعد خطوتين من المرآة بهزة من رأسها، ففيها الملء بالدبابيس يحول بينها وبين الحديث.

انتبه مورجان لوجودهما، فاستشعر بالحرج، لا يدري له سببًا، فترك الحجرة متوجهًا إلى الحديقة، لحق به براون، وسأله بقلق: هل روزي هي سبب رفضك لزواجي من لاقي؟

هز مورجان رأسه إيجابًا. صمت قليلًا، ثم اقترح عليه: عليك أن تحادثها، وتقنعها يا بروي.

رد براون بهلع: هذا لن يجدي نفعًا يا مورجي. أنت على يقين من ذلك.

ثم تركه وركض، وهو ينادي على لاقندر. حاول مورجان أن يمنعه إلا أن جسده أبى أن يستجيب له، فتجمد في مكانه، وعقله يتساءل بقلق: تُرى ماذا ستفعل لاقندر إذا علمت برفض أمها لزواجها من براون؟

⬡ 4

تململت تناقض في جلستها، وحاولت أن تغير من وضعها، غير أن هيو وهواي قيدا حركتها، حتى لا تتسبب حركتها في قطع عملية النسخ. مسحت هزاي على رأسها تهدئها، فسكن جسدها، واستئنف النسخ.

غاص عقل تناقض في متابعة حديثه مع حفيدتها الحقيقية لاڤندر، لتنتقل في حديثها لسؤال مهم كما يبدو لتناقض.

- "دعينا نرتح هنا قليلًا. أين نحن على وجه الدقة؟ سؤال مهم جدًا، ولكني لا أستطيع أجيبك على وجه الدقة، فلنترك هذه النقطة جانبًا، ولنتحدث عن تخيلك عن كوننا. أنكِ شاهدتِ لحظة ميلاده، التي يتمنى القاصي والداني أن يحضرها، فما هو انطباعكِ"؟

لا داعي لهذا التوتر، فأنا لا أضعك أمام امتحان، فقط أريد أن أعرف انطباعك عن رحلتنا السابقة.

لكن دعيني أسألك من باب تجاذب أطراف الحديث. كم بعد كوننا؟ كلا يا حبيبتي ليس أربعة. نعم أعرف أني حدثتك عن الزمكان بأبعاده الأربعة، ولكنهم ليسوا أربعة. يا عزيزتي ليسوا بخمسة كذلك. مهلًا لا داعي للغضب إنهم أحد عشر بعدًا[5].

---

[5] - طبقًا لنظرية الأوتار الفائقة والتي تُعرف بالإنجليزية Superstring theory وهي محاولة لشرح طبيعة الجسيمات الأولية والقوى الأساسية في الطبيعة ضمن نظرية واحدة، عن طريق نمذجتهم جميعًا في إطار اهتزازات لأوتار فائقة التناظر شبيهة بالأوتار في نظرية الأوتار. تُعتبر هذه النظرية إحدى النظريات الواعدة المرشحة لحل إشكالية الجاذبية الكمية. ويُعتبر مصطلح «نظرية الأوتار الفائقة» هي اختصار لعبارة «نظرية الأوتار فائقة التناظر» أي أنها تختلف عن نظرية الأوتار البوزونية التي تتضمن دورًا للفرميونات مع التناظر الفائق. المشكلة الأهم في الفيزياء النظرية تكمن في موائمة نظرية النسبية العامة، التي تصف الجاذبية وتطبق على البنى واسعة المجال (نجوم، مجرات،

لا داعي للاندهاش بالطبع لن تشعري بأكثر من أربعة، ثلاثة للمكان والرابع للزمان، أما بقية الأبعاد فهي منكمشة على بعضها، في حجم متناهي الصغر، لا سمك لها، ذو كتلة لا تُذكر، على هيئة أوتار[6]

تجمعات فائقة) مع نظرية ميكانيكا الكم التي تصف القوى الأساسية الثلاث الأخرى. وكانت النتيجة هي تطوير نظرية الحقل الكمومي للقوى التي أنتجت احتماليات لا منتهية وبالتالي كانت عديمة النفع في حل المشكلة. للتخلص من هذه اللا نهايات كان لا بد للفيزيائيين من تطوير تقنيات رياضية بحتة (تدعى إعادة الاستنظام renormalization)، هذه التقنيات عملت بشكل ناجح مع القوى الثلاث: الكهرومغناطيسية والنووية الضعيفة والقوية، لكنها لم تكن ناجحة مع قوة الثقالة. لذا كان من الضروري تطوير نظرية كمية للجاذبية تعتمد وسائل مختلفة لاستيعاب ووصف كافة القوى.

[6] - نظرية الأوتار أو النظرية الخيطية وتُعرف الإنجليزية String Theory وهي مجموعة من الأفكار الحديثة حول تركيب الكون تستند إلى معادلات رياضية معقدة. تنص هذه المجموعة من الأفكار على أن الفرميونات مكونة من أوتار حلقية مفتوحة وأخرى مغلقة متناهية في الصغر لا سمك لها، وهي ممتلئة بالطاقة تجعلها في حالة من عدم الاستقرار الدائم وفق تواترات مختلفة وإن هذه الأوتار تتذبذب وتتحدد وفقها طبيعة وخصائص الجسيمات الأكبر منها مثل الكواركات والإلكترونات. أهم نقطة في هذه النظرية أنها تأخذ في الحسبان كافة قوى الطبيعة: الجاذبية والكهرومغناطيسية والقوى النووية، فتوحدها في قوة واحدة ونظرية واحدة، تُسمى النظرية الفائقة بالإنجليزية M-Theory، وتهدف النظرية إلى وصف المادة على أنها حالات اهتزاز مختلفة لوتر أساسي وتحاول هذه النظرية الجمع بين ميكانيكا الكم بالإنجليزية Quantum Mechanics التي تفسر القوى الأساسية المؤثرة في عالم الصغائر (القوة النووية الضعيفة، القوة الكهرومغناطيسية، القوة النووية القوية) وبين النظرية النسبية العامة التي تقيس قوة الجاذبية في عالم الكبائر ضمن نظرية واحدة والتي تقول بأن الكون هو عالم ذو عشرة أو أحد عشر بُعدًا، على خلاف الأبعاد الأربعة المحسوسة، وأن هنالك 6 أو 7 أبعادًا أخرى، إضافةً لأبعاد العالم الثلاثة مع الزمن، غير محسوسة ومنطوية على نفسها. أما هذه النظرية الجديدة فتعتقد بأن الكون مكون من 26 بعدًا، اختُزلت فيما بعد إلى عشرة أبعاد. ولتوضيح هذه الفكرة يستعمل البعض مثال خرطوم رش الماء، فعندما ينظر المرء للخرطوم من بعيد لا يرى سوى خط متعرج. لكنك بفحصه من كثب يلاحظ أنه عبارة عن جسم ثلاثي الأبعاد، حيث إن الأبعاد الجديدة ملتفة على نفسها في جزء صغير جدًا.

17

بعضها مفتوح الطرفين يمكن أن يُغلقا، ومغلق لا يتحول إلى مفتوح. لا يشعر بها سوى الجسيمات دون الذرية.

أتعلمين يا حبيبتي أن هذا الكون ما هو إلا هارب[7] ذو أحد عشر وترًا، يعزف على أوتارها ليقص لنا حكايات وحكايات، فالكون له نوتته الخاصة التي تسرق الألباب. مع كل اهتزازة لأي بعد تتبدل الأحداث، وتفنى عوالم وتنشأ أخرى.

عزيزتي، لي عندك سؤال آخر هل تعتقدين أننا نحيا في كون واحد أم له أشقاء؟[8].

كلا يا حبيبتي ليسوا أحد عشر كونًا، بل هم سبعة أكوان متوازية[9]. سبعة توائم نشأوا معًا، في لحظة الميلاد الكبيرة. انفجار عظيم نتج

<hr>

[7] - آلة وترية أصولها مصرية تُعرف بالقيثارة المصرية، وقد بدأت كآلة حربية ذي وتر واحد، ثم تطورت لتصبح آلة عزف جنائزية ودينية ودنيوية مع مر الزمن. وقد انتشرت تلك الآلة في الحياة الموسيقية عند المصريين القدماء في عصر الدولة الوسطى تحت اسم كِنَّر في اللغة المصرية القديمة kinnar (بكسر الكاف وفتح النون المشددة)، كما عُرفت باسم كنور Kinnour في اللغة العبرية، وكنارة Kinnara في العربية، وقد مرت بمراحل متعددة من التطور في الإمبراطورية الحديثة من حيث الشكل، والحجم، والزخارف، ودقة الصنع، وعدد الأوتار. وقد وجدت آلة الكنارة المصرية القديمة طريقها إلى أوروبا أثناء غزو اليونان والرومان لمصر في عصر الأسرة الثلاثين، حيث انتقلت إلى بلاد الإغريق وعاشت عصرها الذهبي هناك، وانتشر استخدامها تحت اسم الليرا Lyra وأصبحت أهم الآلات الموسيقية في حياة المجتمع اليوناني القديم، وقد تطورت تلك الآلة تطورًا كبيرًا في أوروبا حتى أصبح لها جذورها في الحياة الموسيقية للمجتمعات الأوروبية.

[8] - استنادًا إلى نظرية الأوتار الفائقة فإن الكون ليس وحيدًا، وإنما هنالك أكوان عديدة متصلة ببعضها، ويرى العلماء أن هذه الأكوان متداخلة ولكل كون قوانينه الخاصة به، بمعنى أن الحيز الواحد في العالم قد يكون مشغولًا بأكثر من جسم ولكن من عوالم مختلفة، وبحسب هذه النظرية فإن الكون ما هو إلا سيمفونية أوتار فائقة متذبذبة، فالكون عزف موسيقي ليس إلا، ومن الممكن معرفة الكون ومما يتكوّن من خلال معرفة الأوتار ونغماتها، فالكون يتصرف على نمط العزف على الأوتار.

عنه سبعة أكوان منفصلة متصلة، على شكل كريات، متوازية تتنقل جسيمات حاملة للجاذبية (الجرافيتون)[10] بينهما بمنتهى الهدوء. تتساءلين عن كيفية الوصل بينهم؟ وهل نستطيع أن ننتقل بينهم؟ أن الواصل بينهما مجموعة من الأنفاق النجمية، مدخلها ثقب أسود[11] دودي[12] دوار[13] غير مشحون[14]، ومخرجها ثقب أبيض[15]، والتي نشأت مع مولدهم بلحظات من الانفجار الكبير.

---

9 - الأكوان المتعددة أو بالإنجليزية Multiverse وهي عبارة عن مجموعة افتراضية متكونة من عدة أكوان -بما فيها الكون الخاص بنا- وتشكل معًا الوجود بأكمله، وفكرة الوجود متعدد الأكوان هو نتيجة لبعض النظريات العلمية التي تستنتج في الختام وجوب وجود أكثر من كون واحد، وهو غالبًا يكون نتيجة لمحاولات تفسير الرياضيات الأساسية في نظرية الكم بعلم الكونيات. والأكوان العديدة داخل متعدد الأكوان تُسمى أحيانًا بالأكوان المتوازية .Parallel Universes والبنية لمتعدد الأكوان، وطبيعة كل كون وما بداخله، والعلاقة بين هذه الأكوان كل هذه تعتمد على النظرية المتبعة من بين عدة نظريات. ونظرية تعدد الأكوان هو فرضية في علم الكونيات والفيزياء والفلك والفلسفة والمسائل الرياضية والخيال العلمي واللاهوت. وقد تأخذ الأكوان المتوازية في هذا السياق أسماء أخرى كالأكوان البديلة أو الأكوان الكمية أو العوالم المتوازية.

10 - هو جسيم أولي افتراضي حامل لقوة الجاذبية في إطار نظرية الحقل الكمومي. في حال وجوده، يجب أن يكون الجرافتون عديم الكتلة (قوة الجاذبية ذات مدى لا نهائي)، وبوزون ذي عدد كم مغزلي مساوٍ 2. على الرّغم من أنّ هذه الفكرة مقبولة وشائعة لدى الفيزيائيّين وعلماء الفلك، إلّا أنّ الرّصد المباشر للجرافيتون هو أمر قد لا يحدث أبدًا. إنّ طاقة الجرافيتون ضعيفة جدًّا (مقارنةً مع طاقات أخرى أساسيّة)، بما معناه أنّ الجزيئات الّتي تقوم بنقلها تتفاعل، بشكلٍ، ضعيف مع المواد. ولأنّ جميع التّجارب العلميّة تعتمد على التّفاعل مع المواد، لن تكون مهمّة الرّصد المُباشر للجرافيتون ممكنة.

ولكن، يمكننا أن نحصل على معلومات عن الجرافيتون عن طريق قياس أمواج الجاذبيّة (الثّقاليّة). هناك العديد من التّجارب العلميّة المُستمرّة حتّى الآن، تأملُ الكشف عن الأمواج الجاذبيّة الّتي تشكّلت في المادّة عند اندماج الثّقوب السّوداء أو نجوم النّيوترون، بالإضافة لتجارب علميّة أخرى تهدِفُ للكشف عن تأثير أشعة (الميكروويف) الخلفية الكونية فور انتهاء الانفجار الكوني.

11 - هو منطقة موجودة في الزمكان (الفضاء بأبعاده الأربعة، وهي الأبعاد الثلاثة بالإضافة إلى الزمن) تتميز بجاذبية قوية جدًّا بحيث لا يمكن لأي شيء -ولا حتى الجسيمات أو

19

موجات الإشعاع الكهرومغناطيسي مثل الضوء- الإفلات منها. تتنبأ النظرية النسبية العامة بأنه يمكن لكتلة مضغوطة بقدر معين أن تشوه الزمكان لتشكيل الثقب الأسود. يُطلق على حدود المنطقة التي لا يُمكن الهروب منها اسم أفق الحدث. وعلى الرغم من أن عبور حدود أفق الحدث له تأثيرات هائلة على مصير وظروف أي جسم يعبُره، إلا أنه لا تظهر أي خصائص يُمكن ملاحظتها لهذه المنطقة. يعمل الثقب الأسود بصفته جسمًا أسود مثاليًا، لأنه لا يعكس أي ضوء. علاوة على ذلك، تتنبأ نظرية المجال الكمي في الزمكان المنحني بانبعاث إشعاع هوكينج آفاق الحدث، بنفس الطيف الذي يتسم به الجسم الأسود لدرجة حرارة تتناسب عكسيًّا مع كتلته. درجة الحرارة هذه على حدود جزء من مليار من الكلفن للثقوب السوداء من الكتلة النجمية، مما يعني استحالة ملاحظتها. يُعتقد أن الثقوب السوداء ذات الكتلة النجمية تتشكل عند انهيار النجوم الضخمة جدًا السوبر نوفا أو المستعرات العظمى في نهاية دورة حياتها. بعد أن يتشكل الثقب الأسود، يمكن أن يستمر في النمو عن طريق امتصاص الكتلة من محيطه. وذلك عن طريق امتصاص النجوم الأخرى والاندماج مع الثقوب السوداء الأخرى، الأمر الذي قد يؤدي إلى تشكل الثقوب السوداء الهائلة والتي تحمل كتلة تعادل ملايين الكتل الشمسية. وهناك إجماع عام على وجود ثقوب سوداء هائلة في مراكز معظم المجرات. وعلى الرغم من أن محتواه غير مرئي، يمكن استنتاج وجود ثقب أسود من خلال تأثيره على المواد الأخرى والإشعاع الكهرومغناطيسي مثل الضوء المرئي. إذا كان هناك نجوم أخرى تدور حول ثقب أسود، فيمكن استخدام كلٍّ من مداراتها وكتلتها لتحديد كتلة الثقب الأسود وموقعه. يمكن استخدام هذه الملاحظات لاستبعاد البدائل المحتملة مثل النجوم النيوترونية. وبهذه الطريقة، تحقق علماء الفلك من العديد من حالات توقعات وجود الثقب الأسود النجمي ضمن الأنظمة الثنائية، وأثبتوا أن مصدر الراديو المعروف بآسم الرامي A ، في قلب مجرة درب التبانة، يحتوي على ثقب أسود هائل يحمل كتلة تقارب 4.3 مليون كتلة شمسية.

12 - يُعرف بالإنجليزية (wormhole) وهي في الحقيقة ممرات دودية تخيلية موجودة داخل الثقوب السوداء الثقوب الدودية -أنفاق في الزمكان -لكنها حتى الآن أسيرة النظرية الرياضية، فهي لم ترصد بأي طريقة وذلك لصعوبة الكشف عن ما يحويه الثقب الأسود. وكما ذكر في النظرية التي طرحتها فهي قد تسمح للمسافر في أحدها بأن يخرج إلى كون آخر أو زمن آخر فهي ممرات كونزمنية وربما تتصل بالثقوب البيضاء من الطرف الآخر. منها. ويُعرف الثقب الدودي أيضًا باسم جسر آينشتاين-روزين، هو خاصية طوبوغرافية افتراضية من الزمكان التي من شأنها أن تكون في الأساس «اختصارًا» من خلال الزمكان. والثقب هو مثل الكثير من الأنفاق مع وجود طرفين كلٍّ في نقطة منفصلة في الزمكان.. من

حيث المبدأ، جميع الثقوب الدودية غير مستقرة وتغلق لحظة انفتاحها، والطريقة الوحيدة لإبقائها مفتوحةً مع إمكانية المرور خلالها هي باستخدام شكلٍ غريبٍ من المادة تُسمى "الكتلة السلبية". لهذه المادة خصائص غريبة، بما في ذلك الطيران بعيدًا عن مجال الجاذبية القياسي بدلًا من السقوط نحوه مثل المادة العادية، ولا يعرف أحدٌ ما إذا كانت هذه المادة الغريبة موجودةً بالفعل أم لا. من نواحٍ عديدةٍ، يشبه الثقب الدودي الثقب الأسود، فكلا النوعين من الأجسام الكثيفة بشكلٍ غير عادي، ولديهما قوةٌ جاذبيةٌ قويةٌ تسحب الأجسام نحوهما، ويتمثل الاختلاف الرئيسي في أنه لا يمكن لأي جسم أن يعود للخارج بعد دخوله أفق حدث الثقب الأسود -العتبة التي تتجاوز فيها السرعة المطلوبة للهروب من جاذبية الثقب الأسود سرعة الضوء- في حين يمكن لأي جسم يدخل ثقبًا دوديًا أن يعكس مساره من الناحية النظرية.

13 - وثقب أسود يملك زخم زاوي أي دوران حول نفسه، وبشكل أدق فهو يدور حول أحد محاوره التناظرية.

14 - هو ثقب أسود يملك شحنة كهربائية. نظرًا لأن التنافر الكهرومغناطيسي في ضغط كتلة مشحونة بالكهرباء أكبر من قوة الجاذبية بشكل كبير (بحوالي 40 مرة من حيث المقدار)، فمن غير المتوقع أن تتشكل الثقوب السوداء ذات شحنة كهربائية كبيرة بشكل طبيعي. والثقوب الدوارة كأي ثقب أسود يمكن أن توجد في أحد حالات ثلاثة، غير مشحونة (متعادلة كهربيًا)، أو مشحونة بشحنة سالبة أو موجبة.

15 - (بالإنجليزية: White hole)، في الفيزياء الفلكية الثقب الأبيض عكس الثقب الأسود فحيث إن الثقب الأسود يجذب الأجسام فالثقب الأبيض يدفع الأجسام بعيدًا، وهناك نظرية أن الثقب الأبيض بمثابة مخرج للأجسام التي تدخل في الثقوب السوداء، يقال إن الثقب الأبيض ينقل المواد فوريًا (أي أنه يختفي الجسم من مكان ويظهر في مكان آخر في نفس اللحظة)، ويدل ذلك أن الثقوب البيضاء مرتبطة بواسطة الزمكان بالثقوب السوداء، وتعبير الثقب الأبيض هو في الحقيقة تعبير حرفي جدًا، حيث إن المفهوم الصحيح للثقب الأبيض هو الثقب المضاد للثقب أسود. ويتواجد الثقب الأبيض عندما يتواجد تركيز كبير من المادة في منطقة واحدة، تتسبب في تسريع الزمن ومن الناحية النظرية، إذا كنت تعيش على الشمس فإن الوقت سوف يمر عليك أبطأ مما هو عليه على الأرض، وإذا كان هناك ثقب أبيض وكبير بدرجة كافية، فإن ملايين السنوات بل حتى البلايين من السنين يمكن أن تمر على من هم خارج الثقب بينما داخله تمر كأيام قليلة فقط. وبما أن ظهور الثقوب البيضاء تعتمد على قوة تركيز المادة، فكيف نفسر وجود ثقب أسود بدون كتلة وينبثق منه ثقب أبيض، من الناحية الرياضية هذا النوع هو أسهل أنواع الثقوب السوداء، وهو عندما

هل تتشابه الأكوان أم تختلف فيما بينها؟

سؤال وجيه يا حبيبتي، والإجابة أنه من الناحية الفيزيائية، فالتوائم السبع يخضعون لذات قوانين الفيزياء، ولكن هناك اختلافات طفيفة على المستوى الكوني لا تحس، ولكنها على مستوانا نحن الكائنات الحية العاقلة تحس. فطبقًا لعدد أكواننا، فنحن نملك سبع أراضٍ، ولكنها ليست جميعًا تمر بنفس الظروف والحالة، فربما على الأرض الأولى لا تزال الديناصورات تعيش ولم تنقرض ككوكبكم، وربما على الأرض الثانية لم تولدي، نظرًا لكون هواوي لا توجد على سطحه، وربما على الأرض الثالثة يحكم العالم المغول، أو أن الأندلس لا تزال تحت الحكم العربي، وربما على الأرض الرابعة توجد توأمتك يا لاڤندر ولكنها فتاة بدينة مملة، لا يرغب أحد بالزواج منها.

أترين يا عزيزتي مقدار ما يحمله التغير بين الأراضي السبعة، ولكنه في عرف الأكوان ليس بشيء ذي بال يهتم به.

اجلسي يا عزيزتي، أجل أنني أشعر بضيقك من كل ما قصصته عليكِ، ولكنه مدخل لحكايتي معك، وبالأحرى مع المعمرين.

يبدأ قلب الحدث (أي اللا نهائية في الجاذبية والكتلة) خلال الثقب فإنه سوف يحتجز نفسه، ولذا فإن الجزء الصعب قد بدأ وهو اللا نهائية، والطريقة الوحيدة لبدء اللا نهائية في الكون الحقيقي أن تبدأ معها عندما تتكون هناك في قلب الحدث، وبطريقة ما يجب على الكون أن يتشكل بفعل تلك اللا نهائية الجاهزة، أي أنها سوف تخرج من تلك المنطقة بشكل جديد وفي مكان جديد مكونة معها ما نسميه بالثقب الأبيض.

5

ـ"ماذا تعني بأن روزي ترفض زواجنا؟ أنا لا أفهم يا بروي".
قالت لاقندر بتعجب، وهي تمسك بين يديها تاج عرسها.
هز براون كتفي مخطوبته، وقال لها بتوتر: لاقي اتركِي هذا التاج من يدك، وأعيريني انتباهك الكامل. إن والدتك ترفض زواجنا بشكل قطعي، وهذا معناه أنها ستأتي في القريب العاجل لتمنعه. ما هي إلا ساعات وربما دقائق، ونجدها بيننا لتمنع زواجنا. هل فهمتِ الآن؟ أن قدوم روزي يعني نهاية علاقتنا وإلى الأبد.
سقط التاج من يدها محدثًا جلبة غطت على صوتها المفزوع.
نظرت إليه بضياع، وهي تسأله: ماذا يجب علينا أن نفعل يا بروي؟ أنت تعلم معنى مقدمها، وقد حسمت أمرها بالرفض. أنها ستحيل حياتنا جحيمًا. لن تتوارع عن حرق الدنيا لتنفذ ما برأسها.
أجابها براون ببطء: أننا لا نعلم هل حسمت رأيها حقًا بالرفض، ولكن كونها قادمة وقد أخبرت مورجي بذلك، فهذا يعني أنها قد اتخذت قرارها. أن ما يجب أن نفعله يتحدد بقرارك أنتِ لاقي.
نظر في عينيها بحب، وسألها: هل ترغبين حقًا بالزواج بي؟ أم أنكِ تراجعتِ تنفيذًا لرغبة والدتك؟
هتفت مستنكرة: أتسألني يا بروي!؟ أيسأل القلب هل يقبل بنبضه أم يرفضه!؟
ابتسم براون بسعادة، وقال لها بعقلانية: هذا يعني أننا أمام خيارين الأول أن ننتظر مقدمها، ونحاول أن نقنعها...

قاطعته لاڤندر مستنكرة: ما هذا بخيار. لن تفلح أي محاولة لإقناعها، فهي قاسية كالجرانيت[16].

ربت على كتفها، وهو يتنهد، ثم قال بفراغ حيلة: هذا يعني أن نلجأ للخيار الأخير.

شدت على ذراعه؛ فقال بقوة: يجب أن نهرب يا لاڤي، والآن، ولنتزوج.

سألته باهتمام: ولأين سنهرب؟ وكيف سنعيش؟

داعب ذقنه لبعض الوقت، ثم أجابها: سنرحل أولًا إلى أستراليا حيث مقر شركتي، لندبر أمرنا، ثم نتوجه إلى المكسيك، أو أيٍّ من بلاد أمريكا اللاتينية، حيث لا يمكنها تتبع أثرنا.

هزت لاڤندر رأسها مؤيدة، وقالت لها: ولكننا لن نترك هواي إلا ونحن زوجان. سنذهب إلى القس برنارد في الحال.

---

[16] - الجرانيت بالإنجليزية Granite ، هو عبارة عن صخر ناري جوفي تكون تحت درجات حرارة عالية يتميز بنسيج خشن الحبيبات، ولأنه برد ببطء تحت سطح الأرض مما سمح بنمو البلورات ووضوحها، وهناك أنواع أخرى يتميز بها الجرانيت من حيث النسيج مثل النسيج البروفيري الذي يتميز به الجرانيت عن باقي الصخور النارية وهذا النسيج يدل على أن الجرانيت تجمد على مرحلتين الأولى ببطء، والأخرى بسرعة، مما أوجد نسيج بروفيري وهو خليط من البلورات الواضحة والدقيقة، ويصنف كيميائيًا بأنه صخر ناري حمضي لأن وزنه النوعي منخفض ولونه فاتح، مما يدل على نسبة المعادن السيليكاتية تزيد فيه عن 65% مثل معدن الكوارتز والبلاجوكليز والبيوتيت والموسكوفيت. استخدِم هذا النوع من الصخور استخدامًا واسعًا لنحت التماثيل والأعمدة، وهو يتميز بتحمله لعوامل النحت والتعرية أكثر من أنواع الصخور الرسوبية. أتت كلمة جرانيت من الكلمة اللاتينية granum وتعني حبيبات وذلك للإشارة للحبيبات المكونة لكتلة الجرانيت. وهو مؤلّف بصورة رئيسة من الكوارتز والفلدسبات feldspath والبلاجيوكلاز plagioclase ، مع نسب قليلة من فلزات ملوّنة. يغطي الغرانيت نحو 22% من سطح الكرة الأرضية، بينما يغطي البازلت نحو 43%. منها وقيعان المحيطات. تتكشّف الصخور الغرانيتية في مناطق واسعة من الكرة الأرضية، في المجنات boucliers القديمة القارية والسلاسل الجبلية، إضافة إلى مناطق أخرى واسعة في المحيطات بقيت مجهولة مدة طويلة من الزمن.

رد براون بهمة: هيا ولتحملي معك أغراضك الضرورية فقط.

خمس دقائق كانت أكثر من كافية لتجمع في حقيبة ظهرها ما تحتاجه. تناول براون الحقيبة وحملها على كتفه، بينما وضعت لاقندر على رأسها التاج، وتأكدت من زينتها.

ابتسم لها براون، وهمهم بكلمات لم تفهم منها سوى كلمة فتيات، فضحكت.

حملها براون ونزل بها من الشرفة إلى الحديقة ظنًا منه أنها خالية، لكنه وجد مورجان يقف في نفس المكان الذي تركه به. بُهت براون، بينما ركضت لاقندر وتعلقت بوالديها تقبله، ثم تركته ولحقت ببراون وانسلا هاربين من باب الحديقة الخلفي.

6

ـ"أمي فلتهدئي قليلًا. لا داعي لهذه الثورة".

قالت چوليا بضيق، وهي تستمع لصراخ أمها المتصل منذ ساعة ونصف، عن مدى فداحة زواج لاقندر من براون.

التفتت إليها أمها، وسألتها بنبرة خطيرة: أسئمتِ من ثورتي؟ أم لا تهتمين لأمر لاقندر؟ أو لربما تدركين مدى الكارثة التي ستلحق بينا إذا تم هذا الزواج؟

دب الرعب في قلبها، فرددت بزعر: كلا بالطبع. ليس هذا ما قصدته.

اقتربت منها أمها بغضب، وهي تقول لها: لم أكن أعلم مقدار غيرتك من أختك الصغرى يا چولي. هل تظنين أن بإزاحة لاڤي يمكنك أن تحلي محلها؟

صرخت چوليا، وقفزت تختبئ خلف زوجها براد، قائلة: لا.. لا.. بالطبع لا.

تدخل براد قائلًا بنعومة: روزي لحظة من فضلك. أن چولي لم تقصد أي مما استنتجته. كل ما هنالك أنها عنت أنه لا داعي للثورة، فكل ما تريدينه يتحقق فقط لأنك من أردته، فلا حاجة بكِ إلى الغضب، والغليان.

رددت چوليا كالببغاء: هذا ما عنيته.. هذا ما عنيته.

تابع براد وهو يجد ملامح روز تلين بذات النبرة الناعمة، ولكن شابها الاستنكار: لا أدري كيف دار بخلدك أن تحل چولي محل لاڤي؟!

ردت روزي بعناد: وماذا في هذا؟ أليست الحقيقة؟

ضحك براد بصوت عالٍ: أن كان ما تتخيلينه تقبل به الجدة جلاديوليس، وأن هذا الأمر ربما مرئي على مجلس المعمرين، وهذا بالطبع ضرب من الجنون، فچولي لا تصلح لأنها زوجتي في المقام

الأول، وأم لطفلين الأول سام ذو أربعة أعوام، والثاني ما زال ينمو في بطنها المتكورة أمامك.

ارتدت روز للخلف شاعرة بغبائها، بينما دخلت الطمأنينة قلب ابنتها، فأمسك براد بها وأوقفها أمامه، وهو يسترسل في تأكيد كلامه: انظري يا روزي. هل ترين بطن ابنتك ذا السبعة أشهر؟!

ردت روز بانفعال: كفى يا براد.

صمت براد متظاهرًا بأنه ينفذ أمرها بصعوبة، بينما يرقص قلبه طربًا لأنه تمكن من إنقاذ زوجته من مخالب أمها، التي كانت ستجعل منها كبش فداء لثورتها من ابنتها الصغرى، بل أنه استطاع أن يأتي لزوجته بِصك براءة، لا يمكن أن يضعها محل شبهة غير ذات أساس.

أجلس براد زوجته على الأريكة، وجلس بجوارها، محتضنًا كتفيها، فوضعت رأسها على كتفه ممتنة، وشاعرة بأمان، ملتزمين بالصمت كرامةً لروز.

زفرت روز عدة مرات لتهدئ من نفسها، ثم قالت بنبرة هادئة يشوبها التوتر: والآن سأتركك لك يا براد مهمة خاصة. عليك أن تذهب غدًا إلى هرم الشمس[17] قبل الشروق. والانتظار حتى الغروب. في هذه المدة سيقابلك مرشد عليك اتباع أوامره.

---

[17] ـ وهو أشهر هرم منفرد في أمريكا اللاتينية ويوجد في تيوتيهواكان في المكسيك، التي كانت واحدة من أكثر المجتمعات هيمنة في أمريكا الوسطى، وبلغ عدد سكان عاصمتها التي تحمل الاسم نفسه والواقعة شمال شرق مكسيكو سيتي بين 100 ألف و200 ألف نسمة خلال القرنين الخامس والسادس. وفقًا لتقاليد الآزتك فإن الشمس والقمر وكذلك بقية الكون تتبع أصولهم إلى تيوتيهواكان، وقد اكتشف عدد من المعابد هناك أكثر من أي مدينة أخرى في أمريكا الوسطى. بُنيت أهرامات الشمس والقمر في تيوتيهواكان بين عامي 1 و250 ميلادي، وكغيرها من أهرامات أمريكا الوسطى، بُنيت فوق أساس من الأنقاض المثبتة في مكانها باستخدام جدران استنادية، ثم غُطيت بلبنات طينية ثم بالحجر الجيري. ويبلغ قياس قاعدة هرم الشمس 730 قدمًا لكل جانب، مع خمس دكات متدرجة يصل ارتفاعها إلى نحو

هز براد رأسه، ثم سألها باهتمام: وكيف سأتعرف عليه؟

ردت ببساطة: سيحمل بين يديه زهرة برسيم رباعية.

ضحك براد ، بينما قالت جوليا مبتسمة: جلادستون جيندر[18].

كشرت روز، فتنحنح براد ثم قال لها بجدية: هذا يعني أنه سيأخذني إلى الغرفة السفلية[19].

ردت روز بحسم: أعلم أنها المرة الأولى لك، ولكن لا تخشَ شيئًا. سيكون كل شيء على ما يرام.

هز رأسه مؤيدًا، بينما ربتت زوجته على يده مطمئنة، فمنحها بسمة ساحرة، فقالت بحب دون أن تعي: من تلك التي تبادل قلبها بكنوز العالم. مسكينة لافي لقد حرمها قدرها من أجمل سعادة بالكون. كم أشفق عليها.

تنحنح براد، بينما سعلت روز، فانتفضت ابنتها، وتابعت بخوف: ولكنها امتلكت قدرًا رائعًا أتمنى أن تسعد به.

شعرت روز بالضيق، فقالت لهما وهي تغادر الحجرة: سأذهب إلى غرفتي لأعد حقائبي، ومن ثم سأتوجه إلى المطار، لقد حجزت طائرة خاصة.

حاولت ابنتها أن تنهض، فأشارت لها بأن تتوقف، وأمرتها: لا داعي للحاق بي، فأنا لست بحاجة إلى المساعدة.

---

200 قدم. ينافس حجمه الهائل حجم الهرم الأكبر خوفو في الجيزة، ويوجد داخل الهرم الحالي هيكل هرم آخر سابق له بنفس الحجم تقريبًا.

[18] - محظوظ (بالإنجليزية: Gladstone Gander)، هو شخصية كرتونية من إنتاج شركة ديزني وهو معروف أنه هو المحظوظ الوحيد في عالم ديزني ودائمًا يغار ابن عمه بطوط منه لأنه دائمًا وهو يمشي يصادف نقودًا أو سيارات أو أشياء أخرى، ويغار بطوط منه أيضًا لأن في بعض الأحيان بطوطة تفخر به لأنه دائمًا محظوظ. ويُعتبر عم دهب عمًا له

[19] - في عام 1971 اكتشف علماء الآثار كهفًا تحت هرم الشمس يؤدي إلى غرفة على شكل ورقة برسيم رباعية، وتشير القطع الأثرية التي عُثر عليها فيه إلى استخدام الغرفة معبدًا قبل وقت طويل من بناء الهرم نفسه.

التفتت إلى براد، وأكملت أوامرها: كما لا يوجد داعي لإيصالي إلى المطار. عليك الاستعداد لمهمتك.
ألقت أوامرها، ثم أعادت شعرها إلى الوراء بحركة من رأسها، ثم صعدت رأسًا إلى غرفتها.

7

سبع أراضٍ بسبعة أقمار كل منهم يلف حول أرضه، وكل أرض منهم تدور على حدة حول شمسها، في أحد أذرع مجرتها درب التبانة[20]، وتدور مجموعتها الشمسية حول مركز مجرتها، وتدور مجرتها حول مركز كونها ذاته[21].

قوانين طبيعة واحدة تحكمهم.

---

20 - يُصنّف شكل مجرة درب التبانة على أنّه من المجرات حلزونية الشكل، ويتكون هذا الشكل من أربعة أذرع، ويقع النظام الشمسيُّ في ذراع حلزونيّة صغيرة تُسمى ذراع الجبار Orion Arm)، ويُتوقّع أنّ النظام الشمسي يبعد ما بين 26000 و28000 سنة ضوئية عن مركزِ مجرّة درب التبانة، وهذا التباين في المدى السنوي يعود لعدم القدرة على تحديد الحجم الدقيق للمجرة، والوقت الذي يحتاجه النظام الشمسي لإتمام دورته في المجرّة، أمّا عن مدة سنة المجرة فتتراوح بين 200 إلى 250 مليون سنة أرضية، وهذا الاختلاف في المدة المتوقعة بسبب عدم القدرة على تقدير السرعة التي يسير بها النظام الشمسي في مجرة درب التبانة. ويتضح هذا الشكل الذي تكتسبه من خلال شكل وترتيب النجوم التي توجد في المجرة، ويبعد مركز مجرة درب التبانة ما يقارب الـ 30000 سنة ضوئية عن النظام الشمسي.

تُعتبر مجرة درب التبانة قديمة جدًا، حيث يعتبر عمرها قريبًا جدًا من عمر الكون نفسه. وتتميز معظم النجوم الموجودة في مجرة درب التبانة بأنها قديمة جدًا، وعمرها طويل جدًا، وتُعد أقدم من عمر الشمس، حيث يصل عمر بعضها إلى 4.5 مليار سنة. يُعتبر أكثر نوع من النجوم الموجودة في مجرة درب التبانة هي الأقزام الحمراء، وهي عبارة عن نجوم غير ساخنة، ويصل حجمها إلى حوالي عُشر حجم الشمس. وتُعتبر مجرة درب التبانة مليئة بالغازات والغبار بشكل كبير، حيث أصبحت على هذا النحو نتيجة ابتلاعها للعديد من المجرات الأخرى، وهذا ما أكسبها حجمها، وشكلها الحالي. لا توجد صور حقيقية وفعلية تصف مجرة درب التبانة بشكل دقيق، ويعود ذلك السبب إلى عيش الإنسان داخل القرص الخاص بهذه المجرة، فمن المستحيل أن يستطيع الإنسان التقاط صورة كاملة وحقيقية لمجرة درب التبانة. يوجد في منتصف مجرة درب التبانة ثقب أسود كبير، حيث يبلغ عرضه 22.5 مليون كيلومتر.

21 - حقيقة علمية.

ظروف كونية متقاربة حاوطتهم.
مليارات السنين مرت عليها منذ كانت سديم[22] غازات ساخن، وحتى نشأت الحياة العاقلة عليها.
كيف ظهرت الحياة العاقلة؟
سؤال جيد، ولكنه يقودنا إلى سؤال مهم آخر، ألا وهو.
كيف نشأت الحياة على سطح الأراضي السبع؟
دعيني أخبرك يا عزيزتي أن لكِ فضولًا كفضول القطط يجرنا نحو نقاط شائكة، ولكنها ممتعة.
لا تغضبي يا صغيرتي، فأنتِ وردتي وهرتي الأثيرة لديَّ. سأجيبك عن كل ما يدور برأسك، قبل أن ينتهي ما بقي لي من عمر في هذا العالم.
إن البداية كانت....

---

22 ـ وفق نموذج فرضية السديم، الذي طُوِّر لأول مرة خلال القرن الثامن عشر على يد إمانويل سفيدنبوري وإيمانويل كانت وبيير لابلاس، فقد بدأت عمليات تكوّن المَجْمُوعَة الثمسيَّة وتَطوّرها منذ 4.5 مليار عام تقريبًا عند حدوث حالة من الانهيار التثاقلي لجزء صغير من سحابة جزيئَية عملاقة. ومن هُنا تجمعت غالبية الكتلة المنهارة عند المركز لتُشكِّل الشمس، وامتدت الكتلة الباقية حولها لتُشكِّل قرصًا كوكبيًا أوليًا تشكلت منه بعد ذلك الكواكب والأقمار والكويكبات والأجرام الأخرى الصغيرة الموجودة بالمجموعة الشمسيَّة تطورتِ المجموعة الشمسيَّة بصورة كبيرة مُنذ تَشكلها في البدايَّة، حيث تشكل العديد من الأقمار من أقراص الغاز والغبار التي كانت تُحيط بالكواكب، بينما يَظّن العلماء أنَّ هُناك أقمارًا أخرى تشكّلت بصورة مُستقلة قبل أنْ تُؤسَر (تُلتَقَط) بفعل جاذبيَّة الكواكب الّتي ستتبعها، ويَعتقدُ العُلماء أيضًا أنَّ بعض الأقمار، مثل قمر كوكب الأرض، تشكَّل بفعل اصطدامات عملاقة. تَحدث الاصطدامات بين الأجرام الفلكيَّة بصورة مستمرة حتى يومنا هذا، وتُعدَّ هذه الاصطدامات من العوامل الأساسيَّة الّتي ساهمت في تَطوّر المجموعة الشمسيَّة. قد تكون تغيرت مواقع بعض الكواكب بسبب التجاذبات التثاقليَّة، ويُعتقد أنَّ هذه الظاهرة المعروفة بهجرة الكواكب مسؤولة عن أغلب التطورات المُبكرة التي حدثَت في المجموعة الشمسيَّة.

31

انتفض جسد تناقض بعنف، وبشكل متواصل، كأن ألف ألف مليار صاعقة كهربية[23] تضرب جسدها، حتى إنها سقطت أرضًا، ولم يتوقف جسمها عن الارتجاف. مما دفع هزاي للانتحاب بشكل هستيري.

أمسكت هيوان بيد هزاي، وهي تحاول أن توقف سيل دموعها المنهمر، بينما ركض هيو وهواي ليحملا جسدها، ويضعانه على فراش وثير أحضرته هيوان بفرقعة من أصبعها.

نظر هواي إلى هيو، الذي ركض نحو شوكة بوسيدان، ليجد أن بلورته قد توهجت باللون البرتقالي، فسحبها بسرعة، فتوقف جسد السيدة ستة وستون عن الارتجاف. جرت عليها هزاي لتتفقد مؤشراتها الحيوية[24].

وقف الباقون في توتر حتى طمأنتهم هزاي قائلة إنها بخير، ولكنها مصعوقة.

اندفعت هيواي تسأل هيو: ما الذي حدث؟ كيف صُعقت أثناء عملية النسخ؟

---

[23] - الصاعقة تحدث عندما يكون التفريغ الكهربائي بين أسفل السحابة ذات الشحنات السالبة مع الشحنات الموجبة على سطح الأرض، وما عليه من أجسام مما يؤدي إلى حدوث وميض يمتد من الأرض إلى أعلى يُسمى بالبرق، كما أن هذا الضوء يعقبه صوت عالٍ قادم من السماء وهو ما يسمى بالرعد.

[24] - هي العلامات الحيوية التي تؤخذ للمريض فور دخوله إلى المشفى، وهي درجة الحرارة (للبالغين الأصحاء من 36.6 و37.2 درجة مئوية)، معدل النبض (وهو عدد ضربات القلب في الدقيقة وهي للبالغين والأصحاء 60 و100 نبضة في الدقيقة الواحدة)، ضغط الدم (ويكون للبالغين الأصحاء في وقت الراحة 80/120 ملليميتر زئبق، حيث يتكون قياس ضغط الدم من رقمين: الأول هو الضغط الانقباضي: هو الذي يقيس الضغط في الشرايين عندما ينبض القلب ويدفع الدم إلى أنحاء الجسم، والثاني الضغط الانبساطي: هو الذي يقيس الضغط في الشرايين عندما يرتاح القلب بين النبضتين)، معدل التنفس (يتراوح معدل التنفس عند البالغين الأصحاء وقت الراحة بين 12 إلى 16 نفسًا في الدقيقة).

رد هيو بأسف: إن البلورة ليست نقية مع الأسف الشديد، لذلك عندما وصلت لنصف سعتها، توهجت الشوائب، وأطلقت دفقات طاقة كهربية صعقتها.

تعجبت هزاي، وسألت: من أين أتت هذه البلورات غير النقية؟ أن جميع بلوراتنا نقية.

رد هيو ببساطة: لقد أحضرتها السيدة ستة وستون معها، لتنسخ عليها ما تريد دون أن يصل خبر ذلك للمعمرين.

شهقت هزاي، وقالت بفزع: علينا أن نطمئن على ذكريات السيدة تناقض المستودعة البلورة، فلربما ضاعت قبل أن نفصلها عنها.

تحركت هيوان نحو منتصف الحجرة، وحركت يديها بإيقاع منتظم، وهي تدور حول محورها، فظهر جهاز بدائي من أرضية الغرفة. أخذت البلورة من هيو، ووضعتها داخل تجويف في منتصفه، ووقف تتنتظر النتيجة.

سأل هواي عن كنه هذا الجهاز، فجاوبه هيو: أنه جهاز قديم لقياس مدى كفاءة بلورات التسجيل، وجودة الذكريات بها، ولقد خرج من الخدمة بعد إنشاء مركز النسخ الكبير، لذلك لن يعلم أحد بما تفعله السيدة تناقض.

قالت هيوان بصوت فرح: إنها تعمل بكفاءة متوسطة، والذكريات المخزنة بخير، لم يتلف منها شيء.

تملكهم فرح عارم، ولكن هيوان كانت أول من تعامل بعملية، وسألتهم بجدية: والآن ماذا يجب علينا أن نفعل؟

أجابها هيو: أن نراعي سيدتنا حتى تفيق، وتأمرنا بالخطوات التالية. أيده هزاي وهواي، ثم تحرك أربعتهم لتمريض سيدتهم.

8

دقات عجولة متلهفة، طرقت باب القس لويس، الذي خرج ملهوفًا، وبيده موعظة الأحد التي لم يتمها. ليجد لاقندر بثوب زفاف كامل، وبرفقتها براون يرتدي سروالًا وقميصًا يليقان بمصيف شاطئ. دخل الشابان دون استئذان، وأغلق براون الباب خلفهما بسرعة.

تملك القس العجب، وسألهما: ماذا هناك يا عزيزاي؟

ردت لاقندر من بين أنفاسها اللاهثة: جئنا إليك أيها الأب الطيب، لتزوجنا وتمنحنا بركتك.

سألها القس بدهشة قلقة: أظنكما أخبرتماني أن زفافكما في يوم عيد ميلادك يا عزيزتي. فما سبب...

قاطعه براون قائلًا بتصميم: ليس الآن وقت معرفة أسباب أي شيء. لتزوجنا يا نيافة الأب المبجل دون إبطاء.

تردد القس، وقال بخشية: ولكن.

انحنت لاقندر لتُقبل يده، ثم قالت: رجاءً أيها الأب الطيب. لا تكسر رجاء ابنتك بالمعمودية.

نزل براون على قدميه، وقال راجيًا: باسم الرب الذي تعبده يا أبتاه، لتجمعنا بكلمته زوجين، حتى لا يفرق بين قلبينا البشر. ففي قربها هنائي، وفي بعدها عذابي وشقائي.

نزلت لاقندر على قدميها، ووضعت يده على رأسها، وقالت له باكية: باسم الرب الذي كرمك بشرف كهانته، لتنقذ ابنتك من أتون نار يريدون أن يقذفوها في قلبه. أن براون هو روحي، ودونه الموت. أتقبل أن تكون إكسير حياتي؟ أم سكين تطعن بها فؤادي؟

ازدرد القس لعابه، ثم جذبهما خلفه نحو غرفة مكتبه، ليزوجهما كما طلبا.

أنهى الأب طقوس الزواج، ثم سألهما بتوتر: هل لي أن أفهم ما يدور؟

رد براون، وهو يمسك بيد زوجته ويجري بها نحو الخارج: كلا بالطبع لا يمكننا أن نضيع دقيقة في شرح أي شيء.
ردت لاقندر بتأكيد: سأراسلك يا أبي الطيب، وأطلعك على كل شيء. ثق بي.
في هذه الأثناء كانت طائرة روز قد حطت في مطار هونولوا الدولي، لتجد سيارتها في انتظارها، والتي توجهت بها نحو المنزل دون إبطاء، لتُصدم بهروب ابنتها بصحبة براون، فأشعلت نيران غضبها في كل شخص وكل شبر من منزلها.

العدد القادم
الخلية
(كيف بدأ كل شي؟)

اذكر اسم أكثر شخصية أعجبتك في هذا العدد ولماذا؟

اذكر اسم أكثر شخصية لم تعجبك في هذا العدد ولماذا؟

اقترح موضوعات تحب أن تقراها في الأعداد القادمة لسلسلة أكوان للخيال العلمي.

قم بمسح هذا الكود لتراسلنا بهذه الصفحة بعد
تصويرها من خلال واتس آب الدار